¿Qué le han hecho a nuestro techo?

¿Qué le han hecho a nuestro techo?

MARCOS ALMADA RIVERO

NOS
TRA
EDICIONES

¿Qué le han hecho a nuestro techo?
Marcos Almada Rivero

Primera edición: Producciones Sin Sentido Común, 2015

D. R. © 2015, Producciones Sin Sentido Común, S.A. de C.V.
    Avenida Revolución 1181, piso 7,
    colonia Merced Gómez,
    03930, México, D.F.

Texto e ilustraciones © Marcos Almada Rivero

ISBN: 978-607-8237-81-4

Impreso en México

*A mis padres,
por darle el mejor techo
a sus tres monstruos.*

Los niños de tu edad
ya no sueñan ni temen
a los monstruos más feroces.

Ahora, escúchame bien:
los hay en tus sueños
pero en el mundo también...

No lo vi en el cine
ni lo leí en un libro.
Tampoco fue en el teatro,
fue aquí, en mi propio cuarto.

Aquel día perdí mi techo
y el monstruo era tan real
como el daño que había hecho.

Inmenso era mi miedo,
pero aún así,
le reclamé al majadero:

"Oye monstruo, ¡te pasaste,
has dejado mi casa
hecha un desastre!"
Él respondió con aire presumido:

"Pequeñito, ten más respeto
y no interrumpas el festín
del gran Monstruo Devoratechos."

"Soy la peor catástrofe.
Entre más como, más crezco
y entre más crezco, más como."

"Nadie supera mi apetito
y no tengo interés
en ser tu monstruo favorito."

"De todo el mundo, techos he probado.
Los de Inglaterra saben a pescado.
Ni China entera me ha saciado.
Y a los watusi sin chozas he dejado."

"Un techo asoleado, ¡sabe a chicharrón!
Vivas donde vivas, llevaré devastación.
Soy malo, soy terrible. Soy la perdición."

Este monstruo era maldad pura.
Y, ¿qué podía hacer un hombre
de mi corta estatura?

Primero quise correr y escapar.
Luego me detuve y pensé:
"Éste es mi hogar,
a ningún lugar me iré".

No contaba con plan alguno.
Decidí observarlo para descubrir
algo con qué combatir.
Teja, lámina, cemento y varilla,
todo se iba directo a su barriga.
¡Qué terrible situación!
Buscaba y buscaba sin hallar la solución.

Hasta que...
descubrí una cosa
que no le era apetitosa.

Con cautela me acerqué
　　　y grité:
"¡Oye monstruo, amigo!
te tengo una sorpresa,
pues te veo desnutrido."

"Para ti que eres tan goloso,
nada mejor que este árbol
tan verde y tan frondoso."

"¡Estás loco de remate!
—el monstruo contestó—
No tolero nada verde.
La vez que comí aguacate,
la tripa casi me estalló."

¡KABUUUUUM!

Retumbó una idea en mi cabeza:
"¿Será posible, será factible,
que ese monstruo, esa amenaza,
no sea invencible?"

Mi idea era simple,
pero fuerte como un roble.
Algo nervioso pensé:
"¿Mi plan resultará?
No lo sé. El tiempo pasará".

Los días se volvieron leños,
los meses se hicieron ramas,
y las hojas cubrieron los años.

Una tarde de agosto
volvió nuestro monstruo.
Llegó con el viento,
malvado y hambriento.

Ahora intenta imaginar
el berrinche y los gritos
del Monstruo Devoratechos
cuando vio este lugar.

Mi idea se volvió muy popular.
Tú ya la conoces.
Pero no vayas a olvidar
que los monstruos más voraces...

te pueden visitar.

Mi monstruo y su apetito
se volvieron muy chiquitos.
Ya no quita el sueño a nadie
bueno,
a casi nadie.

¿Qué le han hecho a nuestro techo?

terminó de imprimirse en 2015
en los talleres de Editorial Impresora Apolo, S. A. de C. V.
Centeno 150-6, colonia Granjas Esmeralda,
delegación Iztapalapa, 09810, México, D. F.
Para su formación se utilizó la familia Anivers
diseñada por Jos Buivenga en 2008.